A Semente da Compaixão

Lições da Vida e Ensinamentos

de Sua Santidade, o DALAI LAMA

Ilustrações de Bao Luu

Tradução: Priscila Catão

mantra.

Caminho Suave edições

Nasci em Taktser, na província Amdo no nordeste do Tibete. Era um local com montanhas altas, rios límpidos, céus azuis e muitos animais – mastins, ovelhas, cavalos, iaques, escorpiões, galinhas e vacas.

Nossa casa ficava na sombra de Ami-chiri, A Montanha que Perfura o Céu.

Minha família era de fazendeiros. Meu pai passava o dia cuidando dos cavalos e os vendendo, e eu ficava em casa com minha mãe e a ajudava nos afazeres do dia.

Plantávamos cevada, trigo sarraceno e batatas. Porém, essas não eram as únicas sementes que plantávamos. Desde que eu era muito pequeno, minha mãe plantou em mim a semente da compaixão, por meio do exemplo que ela dava. Ela me criou com uma dieta de amor.

Eu tinha a tarefa de coletar os ovos das nossas galinhas. E levava muito a sério o meu dever.

Enquanto minha mãe cozinhava, com o aroma do *korey* – um pão delicioso – vindo da nossa cozinha, eu brincava com escorpiões no pátio para ter companhia.

Às vezes, eu me sentava no telhado da nossa casa. Era o lugar perfeito para observar as montanhas se estendendo em direção ao céu. Eu ficava imaginando o que os garotos mais velhos estariam fazendo enquanto acompanhavam seus pais com os rebanhos. Não via a hora de ter idade suficiente para fazer aquilo também.

Eu também adorava subir nos ombros da minha mãe. Lá de cima, parecia que eu era um dos garotos mais velhos. Eu ficava mais alto do que meu pai! E era tão fácil me locomover. Quando eu queria ir para a esquerda, bastava puxar a orelha esquerda da minha mãe. Quando queria ir para a direita, puxava sua orelha direita. E se ela não entendia minhas instruções, ou se preferia ignorá-las, eu chutava, chutava e CHUTAVA com minhas pernas!

Muito embora minha mãe não pudesse me ensinar a ler ou escrever, aprendi muito com ela. Eu costumava aprontar, mas ela sempre me tratava com bondade. Às vezes, acho que ela foi um pouquinho mais paciente comigo do que devia – eu fui um pouco mimado!

Mas aquela era sua natureza. Ela era assim com todos ao seu redor. No ano em que houve escassez de alimentos na nossa região, muitas famílias ficaram sem ter o que comer. Minha mãe dava para os nossos vizinhos e para os necessitados qualquer comida que tivéssemos guardado.

Assim, ao demonstrar como praticar a compaixão, ela cuidou da semente da sua lição mais importante. Ela me mostrou, durante minha infância, que era possível tratar todas as pessoas com generosidade e ajudar a aliviar o sofrimento delas.

Como uma árvore que nunca se esquece da semente de onde brotou, eu costumo voltar à semente da compaixão que minha mãe plantou em mim e que tenho carregado comigo – seja como uma criança em um lar, como um jovem monge em treinamento ou hoje, disseminando a mensagem da compaixão pelo mundo inteiro.

Amei crescer sob o grande céu aberto de Taktser. Mas sempre soube que minha vida me obrigaria a sair da minha pequena vila.

Quando eu tinha quase três anos de idade, alguns monges chegaram da capital, Lhasa, em busca da criança que era a reencarnação do Dalai Lama, o líder espiritual dos budistas tibetanos. Eles estavam à procura dela pelo país inteiro, e os milhões de tibetanos aguardavam a notícia de que ela tinha sido encontrada.

Ninguém na minha família esperava que eu fosse aquela criança. Muito menos eu. Mas depois de passar por uma série de testes em que identifiquei corretamente os pertences do Dalai Lama anterior e os segurei com uma grande sensação de familiaridade, nossos visitantes ficaram satisfeitos – eles tinham encontrado o menino que procuravam.

Assim, aos quatro anos, fiz a jornada até Lhasa em uma caravana que serpenteava entre as montanhas. Demorou três meses, e à medida que se espalhava a notícia de que o novo Dalai Lama tinha sido encontrado, mais e mais pessoas se juntavam à procissão.

Fui carregado em uma bela liteira com meu irmão. Éramos meninos levados, e toda vez que fazíamos bagunça dentro daquela cabine aconchegante, ela se desequilibrava. Precisamos fazer o resto da jornada separados!

Em Lhasa, depois que completei seis anos, minha educação formal se iniciou e passei a estudar o dia inteiro. Nas minhas poucas horas de tempo pessoal, eu gostava de desvendar como as coisas funcionavam. Eu passava horas desmontando e montando brinquedos e relógios de parede e de pulso, ou explorando a mecânica por trás dos carros e dos projetores de filmes.

De vez em quando, isso me causava problemas.

Durante meu treinamento para ser monge, estudei muitas matérias, como filosofia e história budista, lógica e raciocínio, metafísica, poesia, medicina, tibetano e sânscrito.

Um assunto que eu adorava era a compaixão, por causa da semente que minha mãe plantara. Acho que foi isso que me levou a libertar as pessoas que estavam na prisão perto do Palácio de Potala, onde eu morava.

Passei a vida inteira estudando esse assunto, e sei que é meu dever ajudar a fazer do mundo um lugar mais compassivo.

O extraordinário é que todos nós temos essa capacidade, e creio que ela é ainda mais forte em crianças como você.

Muitos ensinamentos budistas comparam aqueles que estão na jornada da vida aos jovens brotos de uma planta, devendo receber cuidados até crescerem fortes e prosperarem. Os pais também costumam descrever os filhos como brotos, especialmente quando veem o quanto eles crescem rapidamente!

Mas não é só fisicamente que as crianças são como brotos – elas também contêm um potencial que pode ser alimentado. A semente da compaixão está dentro de todas as crianças. Ela está lá desde o nascimento, e faz parte da nossa natureza. E ela cresce por causa do amor.

Se pensarmos bem, quando se trata dos cinco sentidos básicos, nós humanos não somos tão impressionantes.

O elefante tem uma tromba comprida e pode captar cheiros sutis a distâncias bem maiores do que nós conseguimos.

A lebre consegue virar suas grandes orelhas para frente e para trás a fim de captar sons que nem perceberíamos.

A águia tem olhos que conseguem avistar lá do alto do céu
a mais minúscula das presas.

Não é o uso dos nossos sentidos que nos torna especiais.

Mas nós humanos temos a capacidade de treinar a mente, com disciplina e esforço. É isso que nos diferencia de todos os outros animais.

É o nosso superpoder.

E é aí que a semente da compaixão prospera.

Pense no seguinte: quando você está brincando no pátio da escola e um grupo o recebe com um sorriso, você fica com vontade de brincar com eles? Ou prefere brincar com alguém que o cumprimenta de cara feia?

Claro que você prefere brincar com alguém que o recebe com um sorriso genuíno, pois você já consegue enxergar a verdadeira compaixão nos outros.

Da autoconfiança nasce a compaixão, e da compaixão brota a força.

No entanto, nosso mundo costuma dar importância a coisas materiais e nos estimula a competir com as pessoas ao nosso redor. O mundo material se baseia apenas nos cinco sentidos básicos. A compaixão se baseia na mente, que é exclusiva dos humanos. É assim que você se fortalece e pode *criar* algo de positivo no mundo. Porque a compaixão não é um sinal de fraqueza – é um sinal de força.

Quando você aborda uma pessoa com uma bondade genuína, ela sente isso. E essa ação traz mais alegria para você *e também* para ela.

Existem muitas maneiras simples de trazer mais felicidade para o mundo.

Mas você já sabe disso. O que você deve fazer agora é proteger essa semente e cuidar dela.

Quando uma pessoa discordar de você, em vez de achar que ela está errada, pergunte-se: *por que ela está se sentindo assim?*

Quando alguém estiver de cara feia, chateado ou magoado, você pode pensar nas suas próprias preocupações ou pode se perguntar: *o que posso fazer para ajudá-lo?*

Essas perguntas podem não aparecer de imediato. Mas assim como você aprende aos poucos a ler, nadar ou tocar um instrumento, também é possível desenvolver a compaixão um dia após o outro. É algo que requer prática. E mesmo quando você cometer um erro e não escolher o caminho da compaixão, o dia de amanhã lhe dará a oportunidade de tentar mais uma vez.

Tenho muitas responsabilidades na vida, mas a mais importante é fazer do mundo um lugar mais compassivo. Não podemos mudar o passado. Só podemos aprender com ele. É algo que está fora do nosso controle. No entanto, podemos mudar *o futuro*. E, como criança, você já tem as ferramentas necessárias para construir um mundo mais feliz, um mundo melhor, um mundo compassivo.

Cronologia da Vida de Sua Santidade, o 14º Dalai Lama

- **6 de julho de 1935** Nasce em Taktser, Amdo, Tibete.
- **Julho de 1939** Parte de Amdo para Lhasa, a capital do Tibete.
- **22 de fevereiro de 1940** Cerimônia de entronização que o reconhece oficialmente como o 14º Dalai Lama. Depois dela, inicia seus estudos como monge. Ele dividia seu tempo entre Norbulingka, residência de verão do Dalai Lama, e o Palácio de Potala, residência de inverno do Dalai Lama e sede do governo tibetano.
- **17 de novembro de 1950** Aos 15 anos, assume o papel adicional de líder político do povo tibetano.
- **17 de março de 1959** Escapa para a Índia depois de o levante nacional tibetano em Lhasa ser brutalmente suprimido por tropas chinesas.
- **10 de dezembro de 1989** Recebe o Prêmio Nobel da Paz.
- **29 de maio de 2011** Renuncia formalmente ao seu papel de líder político do Tibete e transfere essa autoridade para os líderes eleitos.

© Tenzin Choejor/Office of His Holiness the Dalai Lama

Sua Santidade, o 14º Dalai Lama, Tenzin Gyatso, descreve-se como um simples monge budista. Ele é o líder espiritual do povo tibetano e do budismo tibetano. Recebeu o Prêmio Nobel da Paz em 1989 e a Medalha de Ouro do Congresso dos Estados Unidos em 2007. Nascido em 1935, em uma família de fazendeiros, aos dois anos foi reconhecido como a reencarnação do 13º Dalai Lama, seu predecessor. Ele tem sido um grande defensor de uma ética secular voltada para o desenvolvimento dos valores humanos básicos. O Dalai Lama viaja bastante, estimulando bondade e compaixão, a compreensão entre religiões, o respeito pelo meio ambiente e, acima de tudo, a paz mundial.

Bao Luu

nasceu no Vietnã e atualmente mora nos Estados Unidos. Como artista, ele se concentra na cor e na textura de suas ilustrações únicas. Ele se sente honrado por ter ilustrado *A Semente da Compaixão*.

Grafia conforme o novo Acordo Ortográfico da Língua Portuguesa.

1ª edição, 1ª reimpressão 2022.

Editores: Jair Lot Vieira e Maíra Lot Vieira Micales
Coordenação editorial: Fernanda Godoy Tarcinalli
Edição e revisão de texto: Fernanda Godoy Tarcinalli
Projeto gráfico e ilustrações digitais: Bao Luu
Diagramação e adaptação de capa: Ana Laura Padovan
Capa: Jasmin Rubero
Impressão: Gráfica Grafilar

Dados Internacionais de Catalogação na Publicação (CIP)
(Câmara Brasileira do Livro, SP, Brasil)

Bstan-'dzin-rgya-mtsho, Dalai Lama XIV, 1935-

A semente da compaixão : lições da vida e ensinamentos de sua Santidade, o Dalai Lama / ilustrações de Bao Luu ; tradução Priscila Catão. – São Paulo : Caminho Suave Edições : Mantra, 2020.

Título original: The seed of compassion : lessons from the life and teachings of his holiness the Dalai Lama

ISBN 978-85-89987-44-8 (impresso)
ISBN 978-85-89987-45-5 (e-pub)

1. Budismo – Literatura infantojuvenil 2. Compaixão – Aspectos religiosos – Budismo 3. Dalai Lama – Biografia – Literatura infantojuvenil I. Luu, Bao. II. Título.

20-34576 CDD-028.5

Índices para catálogo sistemático:
1. Budismo : Literatura infantil : 028.5
2. Budismo : Literatura infantojuvenil : 028.5

Maria Alice Ferreira – Bibliotecária – CRB-8/7964

EDITORA AFILIADA

Caminho Suave Edições
São Paulo: (11) 3107-7050 • Bauru: (14) 3234-4121
www.caminhosuave.art.br • edipro@edipro.com.br
@editoraedipro @editoraedipro